이화동의 바늘꽃

두 번째 이야기

개정판

이화동의 바늘꽃 두 번째 이야기 개정판

발행일   2026년 1월 9일

지은이   이인희
펴낸이   손형국
펴낸곳   (주)북랩

출판등록   2004. 12. 1(제2012-000051호.)
주소   서울특별시 금천구 가산디지털 1로 168, 우림라이온스밸리 B동 B111호, B113~115호
홈페이지   www.book.co.kr
전화번호   (02)2026-5777   팩스   (02)3159-9637

ISBN   979-11-7598-060-0 03810 (종이책)   979-11-7598-061-7 05810 (전자책)

작가 연락처 문의 ▸ ask.book.co.kr

전용 게시판에 문의를 남기시면 저자에게 직접 전달됩니다.

(주)북랩 성공출판의 파트너

북랩 홈페이지와 SNS에서 다양한 출판 솔루션을 만나 보세요!

홈페이지 book.co.kr   •   **블로그** blog.naver.com/essaybook   •   **출판문의** text@book.co.kr
카톡채널 북랩

이인희 시집

이화동의 바늘꽃

두 번째 이야기

개정판

하루는 지나가지만
문장은 남는다.
살아낸 날들의 두 번째 이야기

북랩

개정판을 내며

글을 정리하면서 내가 어떻게 살고 있는지를 알게 되었다.
기록을 하지 않으면 나라는 존재는 바람일 것이다.

한때는 즐거운 날도 슬픈 날도 있었지만
꽃은 꼭 피고 있었다.

내 시간을 잃어 버렸다고 기억이 나지 않는다고 그렇게 말할
수도 있지만
기록은 기억을 힘들게 하지 않을 것이다.

내 가난은 행복했었다.
배가 부르고 일을 하지 않았으면
내 글은
온통 꽃밭 꽃길 배부른 소리만 했을 것이다.

난 늘 웃는다.
내가 웃고 살면 내 길은 꽃길일 것이다.

한동안 그리움이 나를 힘들게 했다.

믿었고 존경했었다.
마치 나도 꿈을 만난 것처럼
그러나 현실은 아니었다.

내 세상은 미숙했었다.
그 친절함도 따뜻함도 계산이 되고 있었다.

내 삶의 일기는 찬거리가 되고
비웃음거리가 되어 버렸다.

난
다시 이화동 바늘꽃 두 번째 이야기
개정판으로 정리하면서 다시 한번 생각하게 된다.

진정한 스승

따뜻한 스승
글은 그렇게 살아야 한다.

말을 하고 또 시간이 지나 기억이 없다고 하겠지만
분명한 것은 함께 하지 못했던
그 공간이었다.

난
지금도 기록을 지우지 않았다.

그러나
지나간 시간은 잊어야 한다.
난 지금 내 앞이 보이고 더 살아야 하니까.

　　　　이화동의 바늘꽃 두 번째 이야기

시인의 말

가난한 시절 내 어머니는 아들을 낳기 위해 딸 다섯을 낳고 결국 아들을 낳았습니다.
가난한 우리 집은 아들 중심이었고 둘째 딸인 나는 농번기가 되면 책가방 대신 동생을 업고 어머니가 밭일하는 들녘으로 젖을 먹이러 다녀야 했습니다

학교 공부는 나에게는 아무 상관없는 것처럼 그렇게 세월을 보냈고

가난한 남자를 만나 일 년 동안 그 남자랑 돈을 모아 결혼을 하였습니다. 내가 다니던 공장을 인수받아 일을 시작하면서 열심히 살았습니다.

큰아이를 가져서 입덧이 심해서 제대로 먹지도 못하고 늦게까지 일을 해도 행복했습니다.

그러던 어느 날

남편의 지인이 1톤 트럭을 끌고 와서 부자재를 싣고 있었습니다. 매장 사장님과 이야기가 다 끝났다고 그분은 그 말만 할 뿐 더 이상 말을 하지 않았습니다.

남편은 말 한마디 못하고 있었고
나는 그 모습을 보고 울 뿐이었습니다.

정리할 시간도 주지 않고 진행되었던 것 같았습니다.

힘든 삶을 살면서 남편은 다시 직장을 구했고 나는 집에서 부업도 하고 다시 일어서서 열심히 살았습니다.

그런데 이런 시간이 한참 지나가자
내가 살아온 세월을 생각하게 되었습니다.

사람이 싫어졌고
이렇게 사는 것도 싫어졌고
세상의 모든 것을
다 놓아버리고 싶었습니다.
불안해서 며칠씩 잠을 이루지 못하는

날이 반복되었습니다.

어디서부터 잘못됐을까?

신경정신과를 찾아가 진료를 받자
의사 선생님은 우울증 조울증 공황장애라고 진단했습니다.

나는 모르고 있었지만 아니 알면서도
외면한 것인지 모르지만
내 안에는
또 다른 그 누군가가 있었습니다.

나는 내 안에 있는 누군가와 싸우기 시작했고
내 안에서 보이지 않은
그 무엇 때문에 주저앉고 싶지 않았습니다

새벽이 되면 집에서 가까운 인왕산을 다니며
내 내면의 어두운
그림자랑 싸우면서 살았고
새벽에 신문 배달을 하고 낮에는 부업을 하면서 잠시도 나를
그냥 두지 않았습니다

그러자 내 마음속에서는 점점 어두운 그림자는 사라져 갔고
그러면서 꽃이 왜 이렇게 예쁘지?
잃어버렸던 말들이 머릿속에서 살아나고
내 얼굴은
점점 웃고 있었습니다.

이제는 세상 밖으로 나가려고 합니다
나에게 맞은 신발을 신고 한 걸음 한 걸음 세상으로 나가 보
려고 합니다.

개정판은 다시 피는 글꽃이 되고
내가 몰랐던 글의 세계를 다시 생각하게 되었습니다.

내 약속은 지금도 살고 있고
내 세상은 내가 만들고 가꾼다는 것을
내가 죽어버리면 아무것도 볼 수가 없고

내 삶의
대답을 할 수도 없으니까요……

 이화동의 바늘꽃 두 번째 이야기

현실을 외면할 수 없는 내 사정은
내가 지키고 살아야 하니까
마음을 다시 한번 다듬고 준비를 하고 있다

알 수 없는 세상

길이란

이름만 있고

얼굴이 없는 것도 있었다

강남 삼성역 한 서점을 찾아갔지만

이름만 있고 집은 없었다

가는 길에 지하철 안에서

어떤 분이 당뇨병으로 다리가 붓고 보랏빛

살결은 몹시 아파 보이고 얼굴은 빛이 없었다

바지는 무릎 위까지 올리고 신발은 슬리퍼를 신고 발목 발가

락은 많이 부어 있었다

저는 당뇨병으로 다리를 잘라야 한다며

오백 원만 달라고 구걸하는 모습이 마음을 열게 하고

나는 만 원을 주었다

또 천 원을 주는 사람도 있었다

이화동의 바늘꽃 두 번째 이야기

난 그 당뇨병을 안고 가는 사람 뒷모습을
자꾸자꾸 보게 되고 마음에 힘이 없어졌다
남편도 간경화로 힘들어 하는 현실이기 때문에 마음이 약해
졌다

삼성역 갈아타는 지하철 길 한쪽 구석에서
국가 유공자라며 할머니가 주황색 종이에 글을 써놓고 구걸
하는 모습이 내 눈에 들어왔다

나는 또 그 할머니에게 오천 원을 드렸다
그 할머니에게 어떤 분은 천원을 드리고
그냥 지나가는 사람들

세상은 냉정하고 슬프지만 그래도 몇 명 사람 때문에 희망이
라는 글은 지워지지 않을 것이다

난
그 서점을 찾으러 가고 삼성역 근처에서
○○○ 서점을 찾아갔다

그 동네는 사람보다 빌딩이 더 많이 있고
빛은 그늘 아래서 차가운 바람에 시린 내 손은 장갑을 끼게
했다

그 서점은 찾기는 쉽지 않았지만
사람들에게 물어보면 친절하게 가르쳐 주었다

모든 분이 스마트폰 검색어로 길을 가르쳐 주었다 한 번도 거
절하는 사람이 없었다
모두 친절한 분이었다

난
고맙습니다 하고 인사를 했다

난
그 건물 앞에서
○○○ 서점을 찾았지만

    이화동의 바늘꽃 두 번째 이야기

그 서점은 없었다
경비실 경비원도 순찰 중이라고 메모만 남아 있고 사람은 없
었다

난 그 메모에 적힌 전화로 연결을 했지만
부재중이었다

집으로 돌아오는 길
지하철 안에서 모르는 전화가 왔다

여보세요?
전화번호가 떠서요?
경비실 관리하는 분이었다

그 건물 안에 혹시 ○○○ 서점이 있나 해서요?

그 서점은 없어요?

그동안 여러 사람이 다녀갔어요
그래서 근처 서점을 가르쳐 주었습니다

주소만 기록으로 있고
사무실 서점은 없었다

네에
난
알겠습니다~
하고 전화를 끊었다

주소 전화번호 모두 바보였고 ㅇㅇㅇ 주소도 바보였다
몇 번의 전화을 했지만 받지 않거나 지금은 연결이 안 된다는
음성 들려오고
아니면 전화를 끊어버리고 걸려 온 전화가 많다는 둥 연결은
쉽지 않았다

돌아오는 길
화장실을 가야 했다
경복궁역 화장실에서 검은색 내 장갑을 화장지
고리 위에 놓고 몸만 나온 것이었다

171번 버스를 타고 영천시장에 내려서
저녁 찬거리 사러 가는 길 버스 카드를 주머니에서 꺼내는 순

     이화동의 바늘꽃 두 번째 이야기

간 내 검은색 장갑이 없다는 걸 그때 알았다

이왕 시장에 왔으니 저녁 찬거리를 사들고
나는 그 장갑을 찾으러 갔다

그러나
그 검은색 장갑은 없었다
내 하루 손을 따뜻하게 해준 장갑을
잃어 버렸다

그래
오늘은 내 일기구나 하고
검은색 장갑은 잊기로 했다

겨울 하늘은 맑고 바람은 숨을 쉬게 해주는 공간을 열어 주
었다
차가운 바람은 스산하고 나를 스치고 지나가는 겨울바람은
내 마음처럼 추웠다

세상 밖으로 나온 현실은 죽지 않을 것이다

절판 그리고 다시 판매 이 모든 기록은

알고 싶다

난

이 어둠에서 나와야 했다

       이화동의 바늘꽃 두 번째 이야기

겨울

가을은
마지막까지
그림을 예쁘게
그리고

겨울은
가을을
사랑한다고
말을 했을 때

너는
따뜻한
기다림이었어.

천국과 지옥처럼

묻는 말에게 대답을 하고 싶지 않았다
처음도 그랬고
지금도 그랬고

처음은 천천히 달라지겠지
믿고 싶었다

시간은 아무 말도 하지 않았다
듣지도 보지도 못했단다

어느 봄날에 버스 안에서 낯선 세상을 보았다

하늘이 보이지 않는
빌딩은 화려하고 봄보다 값이 더 나갈 만큼
웅장했다

 이화동의 바늘꽃 두 번째 이야기

여기가 어디인가
뚜벅뚜벅 찾아간 곳은 넉넉한 하늘이 보이는 봄이었다

너는 천재이고
나는 바보였다

너의 세계에는 봄이 함께했고
나의 세계에 봄을 찾아야 했다

다른 세계에서 만나는
너와
나는

천국과 지옥인 것처럼
함께할 수 없다는 걸 알고 있었다.

한 줄기 빛이 되었다

한밤중 불 꺼진 창문에 비치는
밤하늘

한 줄기 달빛이
잠을 자고 있는 나를 깨우고
달빛에 눈을 떼지 못하고
한참을 바라보다

달빛은
한 줄기 빛이 되어
어두운 창밖을 맴돌다 조금씩 사라진다

눈을 감고 달빛을 품는다
그렇게
한 줄기 빛이 되어 나를 감싸 주었다.

        이화동의 바늘꽃 두 번째 이야기

왼손잡이

깍두기를 자른다
자꾸 사선으로 잘라진다

왼손잡이 나는
항상 사선이다
어린 시절 가족들과 식사를 할 때
왼손으로 수저를 잡으면

아버지는 수저 똑바로 잡고
밥 먹으라고
혼난 기억이 있다

국민학교 입학식을 하고
처음 연필을 잡는데
왼손으로 글 쓰는 걸 보고
또
지적을 한다

가끔은 왼손으로 글을 써보기도 한다
뜨개질 칼질 먼저 왼손이
나간다

지금도 젓가락은 왼손
수저는 오른손

의류
작업을 할 때도 왼손으로 가위 사용을 많이 한다

남편은 왜 이렇게 잘랐냐고 하면
나도 몰라?

오늘도 깍두기를 자르는데 사선으로
자꾸자꾸 사선이다

난
그래도 왼손잡이가 더 편하다.

59송이 장미꽃

난
꽃이 되고 싶었다

그곳에서

그러나 그곳은 참 바람이 심하게 불어 꽃을 피울 수가 없었다

그곳에서 59송이 장미꽃을 안고 다시 돌아올 수밖에 없다.

고맙습니다

죽고 태어나는 것이
사람이다

하루에 열두 번 죽어도
다시 살 수 있게 사람이다

운명은 타고난다고 하지만
가만히 앉아있으면 그것은 죽은 것이다
밟고 밟히는 것이 인생이다

모자란 내가 거친 세상을 살아보겠다고
세상 밖으로 나와 걷고 또 걷고 힘들었지만

그렇게 살아야 더 독해지고 단단해지는 것이다

그러나 그 속에서는 사랑이란 것들 머물지 않을까

그래서 딱딱한 삶이 조금은 부드럽지 않을까

자주 하늘을 바라본다
고맙습니다
감사합니다
마음을 전하기도 한다

내 작은 키는 거친 세상을 잘도 넘어간다
하늘이 있기 때문에

고맙습니다
감사합니다
절대 버리지 말아야 할 인사말이다.

나

거만하지 않기
도도하지 않기
가식적인 말을 하지 않기
친절하기
항상 웃는 얼굴로 살기

그래야지
이렇게 살아야지.

가족

가족이란 그리움이다
한곳에서 태어나 사랑을 배우고 양보를
하게 되고

내가 덜 먹고 더 주고 싶은 마음 배운다

성장 과정 같아 그 누구보다 잘 알고
서로 닮은점이 많아 이해도 쉽게 한다

설 명절이 되면 그동안 따뜻하게 안고 있었던
정을 하나씩 하나씩 나누어 주고
그리웠던 마음을 서로가 보듬어준다

내 딸이 어느새 30대 중반이 되어가고
작은아이는 30대 초반이 되고
오랜만에 함께한 자리 딸아이와 아들

딸아이는
어린 시절 생각이 자주 난다고 한다
외갓집 이모들 삼촌들과 함께했던
그 시간들

그래서 엄마 아빠 동생이랑
함께 밥을 먹고 싶었다고
떨어져 살다 보니 더 소중함을 알게 되고
정이 더 그리웠나보다

사람은 추억을 먹고 산다고
아픈 추억보다 행복한 추억이 많은 사람이 부자라고 하는가
보다

익산동 찻집에 앉자 따뜻한 차 한잔은
그리움을 더 따뜻하게 안아주고
가족이란 행복이 만들어 주는 도구인 것이다

추운 겨울날에 설은 따뜻한 봄이 먼저　아왔다

행복한 이별

겨울비인가
봄눈인가
이렇게 내려도 되는 건가
슬픈 소식이 들려온다

그러나 어쩌면 그다지 슬프지도 않을 수도 있다

그 누구나 약속은 오는 것이니까
내 이별이 그랬다
누구나 서툰 이별이지

하늘 아래서 내리는 비는 너의 슬픔이고
하늘 아래서 내리는 봄눈은 나의 그리움이다

이별은 슬프지 않아
고향으로 돌아가는 거니까
따뜻한 그리움이 하늘에 있으니까.

사설

지금
식탁이 초라해도
마음이 행복하면 이것만으로 더 할 것 없다

내 아버지는
늘
아침 밥상을 보고
간장 된장 김치 더 필요 없다 했지

나머지는 사설이라고.

삶의 횡단보도

중간쯤 앉을까
그동안 만나고 또 헤어지고
많은 사람 얼굴이 기억이 나지 않는다
밑바닥에서 허구적 걸었을 때

내게
손을 내미는 사람이 있었나

허허벌판에서 웅덩이에 빠져
혼자 허우적될 때 그냥 지나간다
나도 그랬다

인생에서 절반 와 있는 지금은
너도
나도
바람이 불면
비가 오면

눈보라 쳐도
하늘 아래서 그냥 맞으며 걷는 것을

오늘 보슬비가 내리고
그래서 우산도 쓰지 않고
길을 걸었지

그 누구도 내게 우산을 주지 않아서
그게 인생이지
그냥 가는 거야

어쩌다가 바람이 나를 안으며
그냥 웃고
눈을 감고 느끼면서도
그건
나를 숨을 쉬게 해 주는 거였어

나를 누가 알겠어
나 혼자 가는 거지
그게 인생이지

그 많은 길을 걷고 숨이 차게 걸어도
그것도 중요하지 않아

그런 시간 순간들
내가 행복하면 그만인걸

오늘은 횡단보도에서 멈춤이
내 앞에서
나를 기다렸지만

그냥 가지 않고 지붕 있는 가게 앞에서
횡단보도을 바라보고 있었어
뛰어가는 사람 천천히 걸어가는 사람
난 잠시 걸음을 멈추었어

저 횡단보도를 걷고 싶지 않았어.

감사해 하루야

출퇴근 버스 안에서
무슨 생각 하는지 아세요
그냥 열심히 살자

흐린 날에는 마음이 편안하고
해가 하늘에 있는 날에는 마음이 설레고
비가 오는 날에는 아~ 막걸리 한 잔에 파전이 생각이 나고
눈이 내리는 날에는 강아지처럼 뛰어놀고 싶고
사는 게 별거 있나요

정자와 난자가 만나 사랑한 죄밖에 없어요
두 송이 꽃에게 감사할 뿐이죠

출근버스 안에서
버스 창가에 앉자.

어느 가을날에

난
그냥
서 있기만 했는데

가을바람이 자꾸 스치고 지나가네
그래서

난
가을 국화
꽃인가.

봄

어쩌면 너의 차디찬 말 한마디가
내게는 봄일지도 몰라
그 공간은 계절이 없었어

꽃이 필 수가 없었어 그리고 겨울만 무성했어

봄이 오기 전
너의 차디찬 말 한마디 그 말은 내게는 봄이었어

처음처럼 돌아갈 수는 없지만
다시 걷다 보면 내 따뜻한 계절이 오겠지
모든 계절은 내게 있다는 걸
아무리 봄꽃이 활짝 피어도 곧 질 텐데

지금은 봄이야
내 마음도
난 또 다른 봄을 만나겠지.

 이화동의 바늘꽃 두 번째 이야기

졸업

너의 뒤 그림에서 나올 수 있는 자유
나를 가둔 것도 아닌데
내가 나오지 못했던 건 첫정 내 영혼을
자유롭게 그릴 수 있는 공간이었다

그 행복함은 정말 따뜻하고 영원할 것 같은 생각을 하고 그렇
게 지내고 아침이 되면

따뜻한 커피 한잔
시 한 조각
내 아침 따뜻한 식사
내 안에 나를 웃게 하고
행복한 시간이었다

내 그림 팔려고 그리지는 않았지만
내 그림이 시가 돼 얼마큼 커져 있었나
궁금하고 욕심도 생기고

그러나 생각하는 것만큼 부족했었다

나도 욕심이란 것이 내 안에 있었구나
그러나 시험 문제처럼 그런 방식은 아니었지만

늘 시험공부 하는 것처럼 셀레고
내 글에 무슨 표정이 달고 올까

그런 표정을 이해하고 늘 낄 수가 있었다
글을 읽은 사람의 생각이 다르고 감정이 다르고
느낌이 다르고
그렇게 알게 되고

난 늘 국민학생이었다
난 중학교 1학년 봄까지만 기억에서 머문다

오늘 초등학교 졸업식을 하고
중학교 입학식을 준비하고 있다

내 순수했던 그 아침 교실 문을 열고 들어가면 내 책상과 의
자 없는 날이

많았지만 그래도 아련한 추억은 많다

그 어린 시절 추억처럼 그 문단에서도 그랬다
나는 그렇게 이별처럼 졸업식을 해야 한다.

밀그림

살다 보면
나도 모르게 굳은살이 조금씩 붙나 봐

그래서
아파도 아픈지 모르나 봐
네가 할 수 있는 일들을
내가 할게

그럼
너는 돌아서서 가버렸지
어쩌면 그건 내 잘못이야

양쪽 손에 짐을 들고 가는 나는
그것 내가 만드는 거였어
항상 내가 할게

 이화동의 바늘꽃 두 번째 이야기

나도 모르게 스며든 거지 단어가
아주 옛날부터
나도 모르게 그렇게 된 것 같아

퇴근길 버스를 타고 집으로 가는 길에 창밖에 사람들은

지금 무슨 생각을 하고 걷는 걸까?

차가운 바람

서늘한 바람이 불던 그날 저녁
마지막 가는 길에서도
내 이름은 없다

국민학교도 힘들 만큼 다녔던
나는
어느 곳에서도 나는 없었고

수없이 거절도 못 하고
순종했던 나는

하얀 종이에 내 이름도 적어 달고
했던 그날 밤

그 누구도 대답을 하지 않고
고개만 숙이고

 이화동의 바늘꽃 두 번째 이야기

그렇게
서늘한 바람만 불었다.

내 손가락

내 손가락
한마디
한마디
통증 39년

바늘에 찍힌 세월에 흔적
그 많은 옷은 지금 나처럼 많이 늙었겠지

내 열 손가락 마디마디는 추억이 있다

손가락 바늘에 박혀 상처가 생기고 다시 아물고

내 손가락 상처는 내 생에 재산이 되고
감사하게 생각하며

내 손가락을 서로 비벼준다.

 이화동의 바늘꽃 두 번째 이야기

스커트 작업

한 병만 취하게 하자
아니 반병만 더 함께 취하게 하자
넋두리 같은 인생 하늘이 보인다
흰 구름 가득 남아 있다

화가 나면 빗물을 때려 붓고 기분이 행복하면
눈꽃을 내게 보낼까

난 비가 좋아
슬픔이 금방 끝나잖아

난
그냥 두 병의 취한 즐거움을 맛보았다
기분이 꽤 좋은데

잠시 시간이 멈춘 듯하더니

전화가 왔다

여보세요?
전에 스커트 작업한 적이 있죠
네!
경민사 옆 시야게 집이에요!

네에
알아요!

지금 바쁘다고 하니까
일 좀 해 줄 수 있죠?

네네네 그럼요 !

그럼 사장님에게 말할게요
네~
감사합니다!

기분이 좋아지다 보니 행운도 따라오는구나

다음 달 한 달은 조금은 넉넉할까

봉제공장 생활 직원들은 마음이 참 순수하다

때가 묻지 않은 세계에서 살고 있다
두 병의 술은 취한 게 아니다.

풍성한 가을

배부른 항아리가 한 달을 기다린다
배가 고프지 않게 가득 채워진다
한 달이 또 지나면 항아리가 가득 채워진다

가난은 부자가 되고 싶어 한다
일을 해야 한다
쌀독에 쌀이 떨어지지 않게

게으름은 죽고 싶어 하는 것이다

가을이 되면 한 알 두 알 모아 항아리 가득
채워지는 쌀밥은 배고픔을 채워준다.

내 노랫소리가 들리니

가랑비 내리는 산책길을 걷는다
산새 소리 매미 소리 빗물 흐르는 소리

나도
새들도
매미도

흐르는 빗물 소리에 따라
콧노래를 부른다

너희들은 내 노랫소리가 들리니.

낙서를 한다

마음이 답답할 때
내 마음을 글로 쓴다

꽃을 그린다
낙서를 한다
내 얼굴을 그려본다
웃고 있다
나도 따라서 웃는다

안개 속에 갇혀 있어도
희미하게
길이 보이는 것은
그래도 아직은
희망이 남아 있기 때문이다

글로 내 마음을 그려봐
내 마음이 외친다.

어느 가을날에

난
그냥
서 있기만 했는데

가을바람이 자꾸 스치고 지나가네
그래서

난
가을 국화꽃인가.

꿈

죽지 말고 살아야
세상을 더 볼 수가 있다
내가 죽어버리면 아무것도 볼 수가 없다

하늘에서 내려주신
봄을 피워야 한다

너도
나도.

공감

다른 사람들
다른 생각

식탁 위에 차려진 음식 앞에서
먹기 싫은 음식도 먹어야 할 때 있다
더불어 살아야 하니까

신상품 제작

이렇게 살아가는 거다

신상품 작업하면서.

임종

이어폰을 어머니 귀에 꽂아 주었다
워매 이런 노래도 있네!
좋은 노래가 너무 많아!

좋은 것을 접하지 못하고
세상과 이별할 때
얼마나 아쉽고
쓸쓸했을까

모르고
느끼지 못하고
좁은 공간에서 삶을 정리할 때
얼마나 서러웠을까

나는 말없이
이별을 하고 안녕이라고
어머니는 이어폰을 귀에 꽂고

내가 들어주었던 노래와 함께 숨이 멈추었다

안녕할 때 이어폰을 귀에서 뺐다
이제 안녕이라고!

어느 오월의 봄 아침

광주에 있는 호스피스 병원으로 가던 날

달리던 기차 창문의 빛은

내 마음을 설레게 하고

햇빛은 내 마음을 잠시 엄마를 잊게 했다

창문밖에 비추는 초록의 들판은

예쁜 꽃들은 나를 웃게 했다

기차가 어두운 터널을 지날 때

창문에 비치는 내 얼굴은 웃고 있었다

송정리역에서

엄마가 있는 곳으로 가는 동안에

다시 슬퍼지고

엄마 눈이 멀어져서 나를 볼 수가 없었다

엄마 병실은 이상한 냄새가 났고

  이화동의 바늘꽃 두 번째 이야기

나는 물수건으로 병실 청소를 하고
선풍기 바람을 엄마에게 보내고 소파에
앉아 엄마를 바라보았다

인희야
엄마 더운데 물수건으로 머리 좀 닦아 주어라잉

나 왔어 말을 하지도 않았는데
엄마는 나를 알아보고

잘 살아왔냐

인희야
침대 밑에 시커먼 비암이 있어야?

난
침대 밑을 보고

저리 가?

왜 여기 있냐고
말을 했다

그제야 엄마는 주무시고
나는 엄마의 얼굴 바라보고 있었다

엄마는 느낌으로 냄새만으로 알 수가 있나 보다

병실 안에 들어오는 햇살은 엄마만 쳐다보는 것 같았다
햇빛은 내 마음도 엄마 마음도 모르는 것 같아
햇빛은 마냥 빛을 보낸다

병실 안으로 간호사가 들어와 식사하실 거냐고 내게 묻는다

엄마는 어서 밥 먹어라 배고픈 게

나는 네 하고 대답을 했다
조금 있다가

병원 주방에서 저녁식사 준비하는 분이 식사를 가지고 오
셨다

엄마~
나 밥 먹을게!
오냐오냐 어서 먹어라~

난
옆에 비어 있는 병실에서 먹다가 도저히
입에 들어가지 않아 먹다가 수저를 놓고

식판을 주방으로 갖다 주었다
삼 일 동안 병실에 있으면서 식사를 제대로 하지 못했다

하루 종일 엄마 울음소리에
나는 이리 갔다 저리 갔다
병실 복도만 맴돌았다
왜 울고 그래 묻고 싶었지만
3일 동안의 울음소리는
나를 아프게 했다

삼 일이 지나고 작은남동생이 왔다
엄마는 그제야 울음을 그쳤다
난
내 어머니에게 아픈 자식이었을까
아픈 손가락이었을까?

하늘에게

늦도록 기다리지 마
어쩜 가지 못할 수도 있어

취한 가을만 바라보고 있다
하늘은.

인왕산 산책 중에서

가슴을 베이다

너는 오늘도 얼마나 사람을 가렸니
너는 오늘도 얼마나 사람들에게 말로
상처를 얼마나 주었니

말에서 마음이 보인단다
말 속에 진실이 있단다
알면서도 모른 척한단다

우리들은 다 그렇게 사니까

상처로 마음을 베이면
그 상처는 오래도록
그 사람에게 남아 있을 수가 있단다

힘이 들어도 마음이 상해도
한두 번이니까
그냥저냥 흘러간다

상처도 미운 마음도
세월이 치료를 해주니까

살면서 아무것도 아니라고
늘 삶 속에서 존재하는 것들이 시간이 약이 되었다

오늘도
내 입에서 어떤 말이 나올지.

내 마음속의 섬

눈을 뜨면 사라지고
눈을 감으면
섬 하나가 나를 부른다

눈을 감고
섬에 들어설 때
나도 섬이 되어
밀려오는 파도에게
내가 모아놓은 말들 꺼내놓는다

밀려오는 파도는 내 말 듣고 사라지고 다시 밀려와 내 말은
듣는다
내 말들을 버리고
다시 와
내 이야기를 듣는다

 이화동의 바늘꽃 두 번째 이야기

내 마음속 섬은
말들을 모아 놓지 않는다

저 파도는 나를 알고 있구나.

공방

내 한 달을 버려서
여기저기 조금씩 나누어 주고
여유가 또 없다
외상으로 사는 인생 되었다
빚을 지고 사는 것이다

뭐라도 틀어지면 궁상맞은 초라함이 다가온다
그러나 어떻게든 정리하고 다시 계획을 세운다

이렇게 그때그때 정리가 된다
때론 생각지도 않은 행운이 찾아오면
지고 있는 계산을 내려놓는다

어깨가 가벼워지고 마음이 편안하다고 한다
가끔 찾아오는 행운 때문에 잘 버티고 사 는 것이다

내 작은 실수를 잡아주고
다시 잡아준다
천천히 기다려 주었다

한 달이 풍족하지는 않았지만
내 안에서 계산은 불안하지 않게 정리되어간다

봄을 기다린다

난
다시 정을 심어놓고 새로운 작업을 시작할 것이다

내 직업은 변하지 않을 것이다.

재개발

내가 많은 세월 동안 머물렀던 동네
이 동네가 변해야 한단다
늦은 퇴근길은 이른 퇴근길도
곧 떠나야 한단다
내 젊은 시절도 내가 행복했던 시절도
이제는 곧 떠나야 한단다

내 외로움을 달래주고
내 손을 잡아준 인왕산 숲속 바람도 나를 잊지 않기를

이 가을이 가고 겨울이 오듯
나도 이 가을처럼 떠나가야 할 날이 오고 있다

또 다른 곳에서 정을 심고 행복해지는
삶을 만들어가며 살아야겠지
42년의 추억이 나를 돌아보고 안녕 하고
인사할 때

나는 이렇게 대답해야지

그동안 한 번도 변하지 않고

나를 받아주고 안아 주어서

고맙고 감사했다고

인왕산에게

너의 안에서 내 꿈도 이루어졌다고…

순한 세상

순한 마음은 길거리에서 비를 맞은
작은 낙엽이 되어 버렸다

내 세상은 작은 꽃이 되고
그 누구도 볼 수가 없었지만

그러나
내 작은 세상도 꽃을 피울 수가 있었다.

 이화동의 바늘꽃 두 번째 이야기

선

선을 하나 끊고
선 하나를 따라 걷는다
중심을 벗어나면

다시
중심 따라 걷는다
그렇게 반복하다가 걷다 보면
나는
그냥 그런가 보다 하고 걷는 거지

그 선에는
어차피 혼자 서있는 걸

결국
나 혼서 싸우는 거지 상대도 없어.

내 가을

가을 햇살 한 움큼 안고 있다가
그대가 오면 안겨주어야지

가을보다 더 고운 그대는 따뜻한 봄 같은 사람이다

가을이 머물고 있는 작은 공원은 바람이 조금 차갑다

겨울로 성큼 다가가는 중이다
금방 오고 금방 가는 계절은 급하다
춥기 전에 가고 싶은가 보다

난
약속 앞에서 조금은 춥지만 그래도 가을이
서성이는 작은 공원은 행복하다

긴 이야기가 길어지고 시간은 예쁘게
다듬어서 가을 나뭇잎에 적어놓고 두고두고 읽어야지

 이화동의 바늘꽃 두 번째 이야기

난
조금씩 변해가는 환경에 적응하고 있다고
강하지도 않고 약하지도 않다고

딱 내 수준인걸
대화는 소화가 잘 되면 또 보고 싶어 한다
내 가을이.

뇌가 깨어난다

잠자고 있던
말들을 바람이 깨운다

바람이
내 마음을 깨운다
내가 기억하지 못했던
말들이 나을 깨운다

내 마음속 잠자던 말들이
하나씩
하나씩
깨어난다.

가을바람

이 바람은
이 빛은
내 어린 시절
그 빛과
그 바람이다

나무들은 고운 옷으로 갈아입고
산들산들 춤을 추고
바람은 음악이고
햇빛은 조명이다

나는
이 풍경 속에 잠시 모든 걸
내려놓고
어린 시절
초등학생 시절 가 있다

인왕산에서

서른에 자유

서른 나이에 자유가 무언지 알고서야
밤하늘에 떠 있는 별이 보인다고
신데렐라도 아닌 그런 존재 하나

사춘기 나이에 스펀지처럼 자연스럽게 스며드는 세상 신기한
것도 많고 가보고 싶은 것도 많은 나이 직장 생활하면서 외
식 모임도 가고 싶고 더 놀고 싶은 나이

살면서 쌓인 스트레스를 풀고 잊고 즐겁게 살고 싶은 나이 늘
부모 의지로 살고 아버지가
선을 긋고 여기까지만 놀다 들어오라고
그렇게 살던 아이가 언제부터 마음속에 섬 하나 만들어 놓고
살고 있었다

언젠가는 그 섬에서 자유롭게 살아야지
언젠가는

그렇게 그렇게 살고 싶던 아이는 나이 서른 살에 독립을 선언
하고 집을 나가야겠다고
생각을 말로 한다

코로나 이후로 경제 사정이 좋지 않아
집을 팔게 되었다

내 나이도 들어가고 그래서 조그만 제품 공장을 차렸다
딸아이 모아둔 돈 3천만 원으로 나중에 결혼하면 갚을게 하
고

그러나 생각처럼 쉽지가 않았다
어느 곳에서도 일감 구하기는 쉽지 않고 거우 어쩌다 한두 번
쯤 일거리로는 생계유지 관리비가 모든 것이 부족했었다

결국은 집을 팔고 빚 정리를 하고
딸아이 돈을 갚았다

딸아이는 그 돈으로 자유를 얻고 싶었던 것이었다

내가 딸아이에게 너무도 큰 죄를 짓고 살았구나
내가 너를 내 틀 안에 가두고 살았구나

딸아이를 품에서 떠나보내고
며칠간은 힘들었지만
내 작은 자유가 하나 생겼다

내 작은방이
내 공간이 되었다

그래서
이런 상황들이 많은 것을 생각하게 하였다

내 아이의 밝은 모습이 참 행복하게 보였다
비록 내 속에서 나온 자식도 절대 내 것이 아니라는 걸 알면
서도 가족이라는
틀 안에 가둔 것이었다

자유는 자유로워야 한다.

 이화동의 바늘꽃 두 번째 이야기

우울증

째깍째깍
시계 소리
잠을 잘 수가 없었다

시계를 장롱 이불 속에 재우고
나도 잠을 청해본다
째깍째깍

숨이 막히는 시계 소리
시계를 꺼내놓고
바라보다

그래
너도 자지 말고
나도 그냥 밤을 새우자

그때는 정말 잠이 그리울 때였습니다.

침묵

겨울비 반
봄비 반

살짝 서늘하고
선선하고

마음이 허한가
이랬다저랬다

비가 내리려고 바람이 불었나

밤이 되면 낯선 얼굴 하나
젊은 날 꽃 같은 얼굴은 어딜 가고

아픈 아이처럼 칭얼대고
그러다가 표정이 어두워지고

 이화동의 바늘꽃 두 번째 이야기

꼭
장맛비가 내리는 것 같은 슬픈 얼굴

너무 많이 걸어서 다리가 멍들었나
피가 돌다가 멈춰 버렸나

침묵은 그대의 답이다
보내는 말
다시 내게로 돌아온다
답이 없다

봄이 가고 여름이 오면 그대로 거기에
서 있을까.

보이지 않는 사랑

산속 설경은 아주 아름답고
산 아래로 바람 타고 눈꽃이 날리는데

나는 사랑을 몰라요
어떻게 하는지

사랑은 눈에 보이지 않아요
그래서
사랑이 무엇인지 몰라요

나도
사랑하는 방법을 몰라요

근데
자꾸 보고 싶은 게
사랑일까요?

첫눈 내리던 날에

그해
겨울 함박눈이 펄펄 날리던 날

가슴에 시 한 편 안고
첫사랑 만나러 가는 길처럼 두근대며 걸었다

그의 창문 밖에
한겨울 시들이 눈꽃 되어
그의 가슴에 안기고

눈꽃은
시가 되어 남으리.

눈꽃

겨울이 오기 전에
가야 한다고 하기에
그냥 보냈지

너 떠나보내고
빈 가슴만 안고 있었지

내가 외로울까 봐
눈꽃을 보냈니.

소나무 겨울

어느 겨울 새벽에 가로등 불빛은
하얀 눈을 쳐다보고 입김으로 바람을 후~
보낸다
하얀 눈꽃은 춤을 추고 겨울은 좋아한다

가로등
불빛 아래 소나무 위에 앉아 있는
하얀 눈꽃을
지나가는 바람에게 실어 보낸다

바람도 춤을 추고
하얀 눈도 춤을 춘다

겨울을 안고 있는 하얀 눈꽃은
겨울을 좋아한다

겨울이 되면 만날 수 있는 눈꽃을.

먹이 사슬

얼마나 먹고 또 먹어야 땅끝이 보이지 않을까
목젖까지 욕심이 차 걷기조차 힘든 두 발을 끌고 다닌다

먹이 사슬에 걸려들어 헤어 나오지 못한

거미줄에 묶인 가을 잠자리 날개가
서서히 녹아버리고
독거미 먹이 사슬에서 서서히 죽어간다

어디든 날아갈 수 있는 날개는 덫에 걸려서
헤어 나올 수가 없다

잠자리의 가을은 슬프게 끝나고
차가운 겨울이 오면 독거미도 죽겠지

그 누가 더 살고 죽고는 아무도 모른다.

어둠 속에서

넌
오늘 어두운 마음을
얼마만큼 안고 있었니

조금씩 웃기도 했니
어떤 생각이 웃게 했든

잠깐잠깐 밝은 곳에서
너를 보고 웃기도 해

마음은 가끔 어두울 수 있지만
그곳으로 자주 가지 마.

젊은 부부

두 사람 사는 행복은 참 예쁘다
취미 같은가 보다
이른 새벽하늘을 그린다
화가인가?

오늘 새벽이 지나고 또 내일 새벽이 찾아오면 저 젊은 부부의
그림은 바뀌겠지만

난
순간 부러워 보였다

사랑은 육체관계보다 틀이 맞고 생각이 맞으면 육체관계 또한
행복할 것이다

소소한 일상처럼 보여도 한평생 행복한 그림으로 남아있을
테니까
지금 내가 걷고 있는 이 새벽은 아름다운 그림이 함께했다

 이화동의 바늘꽃 두 번째 이야기

다정한 저 젊은 부부는 늘 행복 속에서 살기를 바라며

나는 하늘이 밝아지는 아침을

걷는다

이 새벽에서 느끼는 상쾌함

서늘바람 산소리는 가을을 예쁘게 그리고 있다.

산새 소리

새벽에 산을 오르면
산 공기보다 산 바람보다
산새 소리가 더 좋아

왜
산이 살아 있으니까

그래서
산도 산새도 산바람도
좋아

그래서
난 산이 좋아.

슬픈 비
비가 내리는 것
먹구름 슬픈 이야기

슬픔을 안고 있어
그러다가
지쳐서 놓아버리는 걸까

그래서
비가 슬프게 내리는 걸까

하루가 힘들다고
놓아 버리면

흔적 없이 사라지겠지.

이화동 바늘꽃 브랜드

아침은 내 눈을 뜨게 하고
밝은 빛은 내가 보이게 한다
오늘도 빛을 따라 걷다 보면 내 하루가 있는

내 공간으로 가 오늘을 만든다

한동안 걱정을 했다
내가 할 수 있는 일이 멈추게 되었다

세상은 쓸쓸하고 마음이 추우면
더 나가고 싶지 않은 마음이 생길지도 모른다

그러나 이것은 잠시 잠깐이다
좀 쉬었다가 걸으라는 경고일 수도 있다

난 어쩌면 내 직업을 접어야 할 것 같아
경제 사정이 좋지 않아 업종을 바꿀 준비를 하고 있다

 이화동의 바늘꽃 두 번째 이야기

같은 미싱 작업이지만 내가 직접
작품을 만들어 어서 판매하고 싶다
예쁜 것들을 만들어 아기자기 살고 싶다

삶의 몸이 지쳐서 이제는 몸도 마음도
많이 약해지는 남편의 모습은 많이 어두워지고 있다

현실을 외면할 수 없는 내 사정은
내가 지키고 살아야 하니까
마음을 다시 한번 다듬고 준비를 하고 있다

요즘은 삯일을 갖다 하고 하루하루 살아가고 있다
그래도 생활의 보탬이 되기 때문에

내년 봄이 찾아오면 난
또 다른 내 봄을

웃는 월요일

내가 지금 웃는 것은 괜히 기분이 좋아서 그래
이유는 없어

율곡로 갓길 남자 미용실이 있는데
들어가는 문 손잡이가 돌로 만들어져 있는 거야

그래서 나도 모르게 손이 가는 거야
너무 신기했어

꼭 내 마음대로 생긴 개떡 같았어
그래서 더 웃었어

그때 미용실 안에서 아마 원장님이신지
헤어디자이너 분이신지 모르지만 그분도 나를 보고 웃었어

그래서 안녕하세요
인사를 했지

   이화동의 바늘꽃 두 번째 이야기

그 남자분도 눈인사로 받아주었어

개떡 같은 모양을 돌 원료로 사용해서 만든 손잡이었어

아마 이 손잡이를 만드신 분은
생각이 참 예쁜 것 같아

감성 창의력 아이디어 이런 감각은
여러가지로 생각하게 하지
사람들의 머릿속을

나도 작품 하나 그려볼까

장미꽃 한 송이의 행복

어느 봄날 토요일 오후 이른 퇴근길은
좀 기분이 상했었다
일 문제로 남편과 다투고 마음이 우울해

이화동에서 송월동까지 걷기로 했다
북적거리는
종로거리는 아니었지만
좀 전에 나쁜 기분이 사라지고 마음이 가벼웠다

종로 2가 지나 골목길에 자판 꽃 가게가 있다
난 장미 한 송이를 사기로 했다

사장님 이 장미꽃 한 송이 얼마예요?
오천 원이요!

난 지갑에서 오천 원을 꺼내서 드리고 한 송이를 샀다

　　　　이화동의 바늘꽃 두 번째 이야기

길 걷다가 주고 싶은 사람에게 드려야지 하고
천천히 한 눈 팔고 두 눈 팔고 그렇게 걸었다

내 앞을 걷고 있는 쌍둥이 유모차를
끌고 가는 아이 아빠 그 뒤에 따라가는 아이 엄마를 보았다

난 장미꽃을 아이 엄마에게 주었다
아니에요
하며 웃는다
그냥 주고 싶어서요~

쌍둥이 키우시느라고 고생이 많지요
아이 아빠도 웃으며 감사해한다

난 쌍둥이 아이들에게 손을 흔들고
안녕 하며 웃고

난 집으로 가는 길에서 오늘을 선물받았다
내 일상 늘 그렇고 그렇고 하지만

조금만
변화를 주어도 참 행복하다고
늘 함께하는 남편과 작업은 짜증이 나고
감정을 건드리고 서로의 밑바닥을 보면서
감정이 상할 때가 많지만 그래도 살아야 하니까

난 내 우울함을 이렇게 풀어야지 꽃 한 송 이의 행복으로…

새벽 산책길에서

바람이 나를 안는다
바람이 춥단다

그래서
나도 춥다고 했지

왜
네가 춥다면
나도 춥지

그래서
너와 나는
느낄 수가 있단다.

가을 산책길에서

돌탑 한 개 두 개
쌓아놓고
무슨 마음을 보낼까

나도 한 개 두 개
돌탑을 쌓아놓고
사랑이라고 말한다

삶은 사랑이다.

    이화동의 바늘꽃 두 번째 이야기

영원한 짝사랑

내 안에서 밖으로 나가면 언제 올까
좀 늦으면 불안해진다

참지 못하고 전화를 한다
받지 않으면 더 불안해진다

그러다가 연락이 되면 웃는다

지금 가고 있어

알았어

집착은 아니고
내가 공황장애 우울증 조울증을 앓고 있을 때
곁에 아무도 없으면 심장이 큰소리로
뛰고 맥박이 불안하게 했다

얼마 전에 딸아이에게 관심을 주었던
정을 놓아버렸다

내 관심을 부담스러워하는 걸 느꼈다
이제는 작은아이에게도 관심을 놓아야겠다

엄마는 전화 좀 그만해
내가 애기야?

그래 아직도 그래?

우울증은 집착일지도 모른다
어쩌면 내가 살아온 환경에서 나오는
우울증이었을 거야

이제는 너희들을 놓아줄게

너희들 세상으로.

　　　　　이화동의 바늘꽃 두 번째 이야기

기억

가끔 혼자서
막걸리 한 병을 사다 놓고
천천히 마신다
나를 취하게 한다

마지막 한 잔은
아쉬움도 있지만
더
취하면

오늘을 기억하지 못할 것 같아서
마지막 잔은 채우지는 않는다.

막걸리

뭐 먹고 싶어?

아무 생각이 없어!

배 안 고파?

응!

나는 지금 배고프지 않아

약간
술에 취했거든

그래서
이 순간을 즐기고 싶어

다른 것들이 들어오면
느낌이 사라져 버리거든.

학교 종은 없다

이제 달리기 종은 끝났다
숨차게 뛰지 않아도 된다

너는 내 눈에서 멀리 있다

이제 경기는 그만하자 이 세계는 1등은 없다

왜냐하면 세상에 나 하나밖에 없으니까.

출근길

토요일 새벽
창밖에서 사람들의 달리는 소리가 들린다

5시가 넘은 시간에
새벽을 달리는 소리에 눈을 뜨고
더 자자하다가 벌떡 일어나
출근 준비를 한다

조금 시간이 여유가 있는데도
그냥 일어나자 하고 일어났다

새벽이 피곤하지 않으니 얼마나 다행인가

난 아직도 돈 벌 수 있는 기회가 있어 감사하다.

 이화동의 바늘꽃 두 번째 이야기

현실

현실적으로
늘 꿔봤을까

어느
추운 겨울
땅은 얼고
바람은 차고

그 새벽

신문을 캐리어 카트에 담고
어두운 새벽
가로등 불빛 벗 삼아

그때는
추운 것보다
그 우울함에서 벗어나고 싶었다

7월 중순 장마
억수같이 쏟아지는 빗길
신문 하나
비에 젖을까 봐

우산으로 가리고
나는
비에 흠뻑 젖어도

내 할 일에 최선을 다했다

그럼에도 불구하고
답은 없었다

온전히 내 거였다
하늘도 공평했다

다
내가 만들어 가는 길이었다.

유령의 세계

친절한 말 한마디는 주머니 속에 들어있는
정 하나 더 주고 싶어 한다
건성건성 말 한마디는 돌아서면 생각이 나지 않을 수도 있다

돈을 주고 사는 친절은 아니지만
가시 같은 세상
말에서 피는 꽃은 온 세상을 예쁘게 피게 한다

불친절은 다시는 가고 싶지 않을 수도 있다
말씨도 음식과 같아
또 오고 싶은 곳이어야 한다

너 하나쯤이야 그렇게 생각하면 그때부터 천천히 죽어갈 것
이다

교만은 건방진 것이다
사람을 가리면서 상대하는 것도 건방진 것이다

하루 이틀 급하게 변하는 것은 아니다
천천히 인간반 유령반 그렇게 변해가는
것이다

가도 가도 끝도 없는 가면 속의 세상은
숙제다
그러나 그 문제를 풀고 싶지는 않다
내가 걷고 있는 길도 숙제다

거친 말 불친절 마음을 어둡게 하는
말들

아무리 힘든 삶을 살더라도 가시섞은 말은 하지 말라 한다
말은 꽃씨인 것이다.

　　　이화동의 바늘꽃 두 번째 이야기

행복

텅 빈 것 같은 또 하나의 그 집은
보이지 않는 꽃이 피고 있다

꽃이 지는 것 다시 피기 위해서
혹독한 겨울을 안는다

바람 한 점 없는
소나기도 지나가지 못하게 우산으로
덥고
나비 한 마리 날아오지 못하게 그물 처놓고
어찌 꽃이 피는 봄을 기다리는가

온통
시기심
욕심으로 가득 찬 마음에서
봄이 오기를
꽃이 피길 바라는가.

결혼 반대

막 떠오르는 아침 햇살
가을 홍시 같아
대봉감을

겨울바람 조금 들어오는 창문 모퉁이에
나란히
나란히
놓고
퇴근하고 집으로 돌아와

조금 차가운 홍시 감을 손가락으로 눌어본다
조금은 차가운 사랑
조금은 달콤한 사랑
그렇게
내 부모님
반대 차가운 사랑
나의 달콤한 사랑

늘
가을이 오면 내 남편 처갓집 감사랑
남편의 달콤한 홍시 감 사랑이었다
가을 홍시 감도 사랑도 주렁주렁 열렸다 추억이.

마음은

겨울이지만
마음은
봄일 수도 있고

봄이어도
마음이
겨울일 수도 있지

계절은 잊지 않고
약속을 지키지만

마음은 상항에 따라 다를 수가 있다
앞이 보이지 않으니.

시집을 읽는다

어제는 봄비가 내려
퇴근길 가로수 밑에
들꽃을 봤다

들꽃을 모른 척하고 지나가도

들꽃은 슬프지 않다
하늘도
바람도
비도
들꽃은 그렇게
시를 쓰고
지난
시를 읽는다.

길

갈 곳이 없어도
밖으로 나가면
갈 길이 생긴다

누워서 천장만 처다보고 있으면
길이 보이나

하늘 아래서
새들의 노랫소리가 들리지 않는가.

철장 속에 갇힌 태양

철장 속에 갇힌 태양은

오늘도 노을빛을 안고
어둠 속으로 사라진다
어둠을 잠재우고

다시
철장 속 태양은 빛을 보냈다
내게로.

친구

하고 싶은 말이 많은가 보다
내가
자꾸 커피를 마시고 싶어 한다

너의 앞에 따뜻한 차 한 잔
나의 앞에 따뜻한 차 한 잔
놓고 무슨 말을 할까

그냥
마주 쳐다보고 웃기만 할까
그럴 만큼 편안한 사이가 아닐까

이렇게 편안한 친구 하나쯤 있죠
저는 있어요
마음이 따뜻한 친구

늘
마음이 바쁘지 않았어요
그 친구와 나는.

벽지에 꽃이 피었다

남편은
벽지를 예쁘게 바르고

그다음 날에
아이들은 벽에 꽃 그림을 그린다

엄마 예쁘지?

그래
예쁘다

나도
벽지에 그림을 그린다
아이처럼

아이들의 눈 속에
예쁘게 그림이 그려져 있다

 이화동의 바늘꽃 두 번째 이야기

남편
이게 뭐야?

왜
꽃이 피었잖아
우리 집에

에이
또
다시 벽지 발라야 하잖아

그냥
냅둬…

할머니의 봄

재래시장 모퉁이에서
양파 하나 감자 하나 팔려고

쪼그리고 앉아 있는
할머니

봄바람도
할머니 머리카락에 앉아

살랑살랑
봄이라고.

 이화동의 바늘꽃 두 번째 이야기

봄바람에게

봄바람이 추워서
부엌 창문 틈 사이로 들어오다
내게 들켜버렸다

와
발이 시리다

봄바람은
잠깐 들렀다
다시 밖으로 나간다

그래
추우면 언제라도 와.

봄이 꽃이다

무슨 말을 하고 싶은 걸까
그래서 꽃으로 피었을까

그래도
한 번쯤은 꽃으로 피어 볼 만한 세상이야

모두가 꽃으로 피어나길
아름다운 세상이 되길
행복해지는 세상이 되길.

 이화동의 바늘꽃 두 번째 이야기

봄 병아리

벽돌담 봄볕이
내리쬐고 아기 병아리

나뭇가지 아지랑이 졸린 눈처럼
고개가 자꾸자꾸 땅에 달 듯 말 듯

봄바람이 지날 때마다 잠을 깨운다
바람도 놀라 달아나고

병아리 졸린 눈도 놀랐다
봄바람은 장난꾸러기.

길을 걷다가

봄바람 불길래
꽃이 지겠구나 했지
내가 지는 봄을 걷고 있는데

지나가는 나그네가
길을 묻는다
가는 길을 잃었다고
늦은 봄길을 걸으면서

그 나그네도 내가 걷고 있는 늦은
봄길에 초대를 했지
같이 걷자고

우리들은 가는 길에서
손을 내밀면 잡아주고 같이 가다 보면
심심치 않겠지

그 삶도 내 삶도
하늘 아래에서 하나의 먼지인 것을
오늘 하루는
또 하나의 소중한 삶을 내 가슴에 안고

또
기억을 하겠지
너도
나도
많이 힘들게 살았구나
잊고 또 그렇게 살고
봄은 또 오고.

빛은 내 그림자

사소하지만
내 얼굴은 웃고 있었다

이렇게 흔적 없이
살다가 갈 거라고 생각했었지

어느 날
내 앞에서 문이 열리고
빛이 보일 때
바라만 보고 있었지

아무도 없는
어두운 골목길에서
혼자 걸어가고 있을 때

빛은 내 그림자였지.

나에게 꽃을

내 인생에게서
꽃을 받았다
전화 한 통화는
마음이 설레고
수줍은 마음을 숨기고
태연하게 답을 하면서도
내 마음에서 꽃이 피고 있었다
고단함도
마음이 힘들었을 때도
내게
꽃을 선물하지는 않았다
이제는
내 안에서 핀 시의 꽃들을
보며
나에게 꽃을 보낸다.

저혈압

신경이 한쪽으로 쏠리고 중심 잡기는
조금 어려워지고 현기증처럼 다가온다
지금 살고 있는 것보다 다가올 현실이 더
어지럽게 한다

아침 일찍 일어나 빈속에 커피를 마시고
혈압 조절에 들어갔다

천천히 뛰던 맥박은 안정감으로
다가오고 숨을 천천히 내쉬고
편안한 자세로 앉아 있다

방 창문 밖에서는 가을비가 내린다
내 마음을 알았을까

내 방으로 들어와 편안하게 누워
빗소리를 듣는다

또
생각이 많아진다
어떻게든 살아지겠지

막막해지는 현실이 버겁지만
견딜 수 있는 건강한 마음이 있으니
감사해야 할 일이 아니던가

바쁘지 않으니 천천히 걷고
아직도 배가 고프지 않으니
천천히 채우면 된다

손놓고 노는 게 아니라
지금은 일을 할 수가 없다
봉제업종이 마비되어 버렸다
조금 시간이 필요할까
아니면 더 많이 필요할까

통장 잔고는 넉넉하지는 않아도
곧 좋아지겠지 하며
마음을 안정시킨다

가을이 지나고 겨울이 지나고
봄은 온다
난 그 봄을 기다린다
내가 생각하는대로 그려간다.

 이화동의 바늘꽃 두 번째 이야기

집시 여인

안개비가 하얗게 내리던
아침

중학교 1학년 소녀는
안개가 깔린 길 위에서
잠자는 모습을 보았다

집시 여인의 영혼이 안개비 타고
하늘에 가는 날

하늘도 슬퍼서 안개비를 내려보냈을까
거리를 떠돌다 외롭게 지쳐서
하늘이 데리고 갔을까
그녀를 하늘이 안아줬을까
안개비 내리고 내리는 날
숲속을 걷다 보면 집시 여인도
동행을 한다.

버스 정류장에서

빛이 없는 곳에서도
가로등 불빛
네온사인은 거리에 밤을 밝히고

발길을 이리로 저리로 갔다가
다시
버스 정류장에서 집으로 가는
버스를 기다린다

바람도 쓸쓸한가
차갑기만 하고

버스 정류장 간이 의자 앉아 있는
저 여자는 봄처럼 예쁘다

　　　　이화동의 바늘꽃 두 번째 이야기

나도 너처럼 예쁠 때가 있었겠지
내 정거장은 점점 내게 오는 것 같아
고개를 돌리고

내 집으로 가는 버스가 오나 어두운 곳을
바라보고 있다.

개미의 꿈

마음둘 곳이 없어
땅만 바라고
개미 한 마리 나를 피해 간다
넘지 못 선할 벽이라 그런가
가끔은 힘든 것들을 포기하고 싶을 때가 있지

내 발끝에 개미 한 마리
넘을 자신이 없어
돌아가는 걸까
살다 보면 그냥 그냥 그렇게 돌아서서 가지
힘든 게임을 하고 싶지 않아서겠지

그래도
나는 열심히 올라서려고 했지만

늘
내 앞에서는 벽이 있었지

      이화동의 바늘꽃 두 번째 이야기

그래도 넘고 또 넘었지
이제는 넘을 힘조차 없다

개미 한 마리 하루 먹거리 찾아
열심히도 돌고 또 돌고.

사랑

오늘은
하늘빛이 참 곱다

왜 고운 줄 아니?

온실 속에 꽃들은
때가 되면 물을 주고 영양분을 주지만

들에 핀 꽃들은

가끔 어둡고
따뜻한 빛
그리고
비가 내리고 바람이 불어야 사는 거란다

왜하면
죽지 말라고
어쩌면 우리 모두 들꽃 같은 존재일 수도 있어

그래서 모든 것은 사랑이 필요하지.

주옥

귀하지 않을 사람은 없다

세상을 살 만한 가치가 있어
세상에 보내져 나온 것이다

그리고 아름다운 세상을 만든다

내 가치는 내가 만들어 가는 것이다.

 이화동의 바늘꽃 두 번째 이야기

계산

얼마나 더 버려야
나를 자유롭게 살게 해줄까

이제는 놓을 것도 없는데
내가 그렇게 값이 많이 나가는 사람인가

다음은 어디에서
내 이름이 나를 찾아올까

살고 있기에
계산을 하고 살란 말이지.

연등 축제

그래도 살 만한 세상이에요
요즘 바빠서 잠이 부족하고 피곤했지만
일요일 출근길

일요일 봄은 너무 예뻤어요
살아있으니 느끼는 거죠
기분이 좋아서
지인들에게 전화를 했죠
전화번호도 휴일이었죠
봄은 휴일이 없어요

안국역에서
이화동 가는 길은 봄이었어요
봄의 축제
거리의 자유
가끔
내게 봄 같은 날이 옵니다

그럼
그런 날들과 사랑을 합니다
내 삶의 보너스입니다.

계절

너는 가만히 있는데
나만 바쁘다
너는 보고만 있는데
나는 이리로 저리로
나만 바쁘다.

선하게

거만하지도 잘나지도 않고
그저 내가 하고 싶은 것을 하고 싶을 뿐이야

다 다른 성질들을 가지고 있어 다르게 살 뿐이야

난
조용히 살고 싶을 뿐이야
세상 경험 속에서 버티지 못한 게 아니라

사사로운 감정에 휘말리기 싫었을 뿐이지

시간이 얼마나 소중하고 많은 것을 배우게 하는지 몰라

그리고
꼭 대답은 해
아닌 것은 아니고 존중할 것은 존중해 주는
마음을 갖고 선하게 내 길을 가는 거야…

사계절

그동안
걸어온 길은 준비였습니다

그냥
쉽게 얻어지는 것은
절대 없습니다

차가운 눈이 내리던 날에
입김이 따뜻해
두 손으로 입을 감싸고
시린 발은
내게 삶의 훈련이었습니다

무섭지 않습니다

저는 길이 들어 있기에
추운 곳에서도 강합니다

내게도
사계절은 있었습니다.

들꽃

가늘게 내리는 빗소리는 조용하다
지붕 위에 떨어지는 빗소리를 듣지 못한다
단단한 지붕 위에는 강한 힘이 있기 때문에

창문에 흐리는 이슬비는 조용히 내린다
누군가 가는 이슬비를 보고 있다
추적추적 내리는 빗물이 모아진다
지붕을 적시고 거리를 적신다

무너지지 않고 가만가만 흘러간다

비구름이 사라진다
바람이 흩어놓은 세상은 아프지 않을 것이다

보이지 않은 작은 들풀 들꽃은 숨어서 피는 게 아니라
제자리를 벗어나지 않기 때문에
죽지 않는 것이다
하늘이 맑으면 보이는 들꽃들.

 이화동의 바늘꽃 두 번째 이야기

출근 버스 안에서

다리를 건너면
또 다른 세상이 있을까
힘들 이때에는
현실에서 벗어나
내가 보이지 않는 곳에서
또 다른 삶이 살 수가 있을까

마음속에서 여행을 떠나본다
마음속에서는 가끔 혼자 놀다가
현실 밖으로 나와
내가 만든 길을
다시 걸어간다.

가을 생일

퇴근길
길을 걷다가 예쁜 옷 가게 앞에서 발길이 멈춘다

가을 옷이 눈에 들어와 나도 모르게 가게로 들어갔다
마음에 든 롱 남방을 골라 입고 거울에 비춰보니 잘 어울린
다
가격이 사십만 원이란다

그래도 아무 생각하지 않고 3개월 할부로
사버렸다

옷을 싸 들고 횡단보도에서 신호를 기다리면서 너무 비쌌네
후회 절반
순간 떨어지는 낙엽을 보고
내일이 내 생일이구나
늦은 가을
그래

    이화동의 바늘꽃 두 번째 이야기

내 선물이다
그래 그렇게 생각하자
퇴근길 버스 안에서 쓸쓸한
나도 참.

약속

한 달에 한 번 약속들이 다가오면
그 약속들을 지키기 위해
값이 싼 일들도 해야 했다

일거리가 다양해서 물불을 가릴 수가 없었다
살아야 했고 살아야 하니 그렇게 해야 했다

편하게 살고 싶다는 생각을 많이 했다
해외여행도 맛있는 특별한 음식도 이런 것들은 가끔 꿈꾼 적
도 있고

그러다가 다시 마음이 바빠지는 것은 현실이 불안정하기 때
문이다
금방 잊고 가끔이라도 작업이 들어오면 일하고 없는 날은 뒷
산으로 가 노래를 부른다

하늘아 하늘아 내 노랫소리가 들리니
땅을 밟고 걷는 길은 건강해지는 힘이 생기고
하늘은 답답한 마음을 열게 하고 노래를 부르기도 했다

이 생활을 곧 접어야겠다고 생각하게 되었다
난 그해 몇 년에 이화동 바늘꽃 라벨을,
특허청에서 브랜드 특허를 받았다

조그마한 가게를 얻어서
내가 만들 수 있는 것들을 예쁘게 만들고
시를 쓰고 소소하게 살고 싶다

어쩌면
이런 과정들이
나를 기다렸던 게 아니었을까.

배움 1

배움은 살고자 하는 것이야
모르고 산다는 것은 아픈 게 아니야
천천히 걷다 보면 더 많은 것을 볼 수가 있어

살다 보면 띄어쓰기 맞춤법이 틀릴 수도 있어

그럼 얼른 고치고 다시 쓰면 돼
배우면서 사는 거야
오늘도.

  이화동의 바늘꽃 두 번째 이야기

괜찮아요

사람들 사는 속에서
알 수 없는 미로
그 길에서 헤맬 때
손을 내밀어 잡아 주는 친구

아무리 냉정한 세상이어도
냉정함은 사람들이 만드는걸

아파본 사람은
아픈 사람의 마음 알지

괜찮아요!

그 말 한마디가 얼마나 따뜻하게 들리는지
따뜻한 말 한마디가
친구일 수도 있지.

길을 걷다가

봄바람 불길래
꽃이 지겠구나 했지

내가 지는 봄을 걷고 있는데
지나가는 나그네가
길을 묻는다

가는 길을 잃었다고
늦은 봄길을 걸으면서

그 나그네도 내가 걷고 있는 늦은
봄길에 초대를 했지
같이 걷자고

우리들은 가는 길에서
손을 내밀면 잡아주고 같이 가다 보면
심심치 않겠지

 이화동의 바늘꽃 두 번째 이야기

그 삶도 내 삶도
하늘 아래에서 하나의 먼지인 것을

오늘 하루는
또 하나의 소중한 삶을 내 가슴에 안고

또
기억을 하겠지
너도
나도
많이 힘들게 살았구나

잊고 또 그렇게 살고
봄은 또 오고.

또 다른 세계

작은 공간에 살다 보면

그래

여기서도 행복해
이렇게 생각할 수도 있어

하지만

다른 것도 보고
또 다른 세계가 있다는 걸
한 번 더 생각해 봐.

나는
그림을 배우다 그만 멈추고
서예를 배우다 그만 멈추고
노래를 부르다 그만 멈추고
달리는 연습만 했다.

　　　이화동의 바늘꽃 두 번째 이야기

내 안에 사계절

그 해 따뜻한 봄이었다
그래서 마음이 가고 나를 열고 너를 내 안에 들어오게 했고
나를 데리고 나오게 되었고

그 세상은 낙원이었다

그러나 그 세상은 온통 꽃바람이었고
피어 있던 꽃들은 지지 않고
그 어떤 꽃도 필 수가 없었다

꽃을 꺾어버리고 다시 피기 위해서
내 낙원으로 돌와 봄 동산을 가꾸게 되었고

내 안에 꽃밭은 꽃은 잔잔한 바람에도
흔들리지 않고 피고 있다
지고 피는 시들.

미완성

다시 지우고
다시
쓰는 게 인생이지

지우고 싶은 글도 있고
지우고 싶은 삶도 있겠지

띄어쓰기 받침 틀릴 수도 있지

정확하게
사는 사람 있나

내 삶은
띄어쓰기 받침

글도
삶도
마이너스.

 이화동의 바늘꽃 두 번째 이야기

가로등

이제는
귀뚜라미도 잠이 들었나 보다
조용하다

신문 배달하는 사람들
우유 배달하는 사람들
열심히 사는 사람들

가로등 불빛은
그들에게는
빛이다.

나를 사랑할 것이다

바쁜 두 달은
내게는 힘들었어도 행복함이었다
그동안 놓아버렸던 것들을 하나씩 하나씩 주워 담는다

어쩌면 이 바쁜 것도 행복한 하루하루일 것이다

식탁 위에 공과금 영수증 독촉장 글이 새겨진 고지서가 날아
오지 않는다

예전에도 그랬지만 공과금 고지서는 내가 살고 있구나 사소
하게 생각해 주는 것이었다

꼬박꼬박 낼 수 있는 내 능력의 힘 안전한 삶이 얼마나 행복
한 것인가
잃어버렸던 집을 다시 찾는 것 힘들겠지만

 이화동의 바늘꽃 두 번째 이야기

내 능력이 부족함으로 인정하고 사는 날까지 감사하는 마음
으로 살아야지

요즘
난 내 직업에게 얼마나 감사해야 할 일인가 하고 나를 칭찬하
며 산다

옷을 예쁘게 만든다는 데 자부심을 갖고 퇴근하고 집으로 돌
아와 하루에 감사하고 짧은 시 하나 쓰고
내게 힘이 되었던 분들 얼굴 한번 생각하고 웃는다

피곤한 몸을 안고 눈을 감는다
자주 꿰었던 꿈도 꾸지 않고 깊은 잠을 청할 수가 있다

이렇게 노년의 삶을 보내야지
예쁜 글 예쁜 삶 내 그림을 그려야지

그리고 꼭 하고 싶은 것은 공부를 하고 싶다
기본 교육을 배우고 싶다

난
중학교 정문 후문 내 발길이 기억을 못한다
아주 짧은 등굣길 하굣길

늦은 공부를 하고 싶다

그리고
난 사랑을 할 것이다
하늘과 땅
바람 비 들에 핀 꽃들 추운 겨울까지
눈 내리는 하늘 펑펑 눈꽃이 내리는 겨울을
그것들을 시로 쓸 것이다
난 시를 사랑할 것이다

나를.

 이화동의 바늘꽃 두 번째 이야기

잠자는 겨울나무야

떠날 때는 홀가분하게
다시 만날 때는 셀레는 봄처럼
헤어지고 다시 만나는 우리는 지금도
함께한다

너는 떠나지 않았고
나는 보내지 않았으니
잠시 눈을 감고 휴식이 필요할 뿐이야
난 오늘도 너를 바라보고 있어
이 길을 지날 때마다.

아침 출근길에서.

배움 2

가을 햇살 한 줌

가을바람 한 줌

산새 소리 한 줌

내 마음이 좋아한다

난 배고프지 않다

시간은 매일매일 삶을 채워준다

많이 살지도 적게 살지도 않았다

그러나

하루하루 흐르는 시간은 나를

더 알아가게 하고

더 단단하게 만들어준다

난

겁이 없나 보다

잃을 것도 없어서 그런가

 이화동의 바늘꽃 두 번째 이야기

어쩌면
아주 옛날에 나는 나를 알았을까
황혼이 물들 때 피는 꽃이었을까

아주 작은 나이에 세상에 던져 저 혼자 살아가는 법을 배웠
을까
아마 마음이 약해서 거절을 못 했던 것 같아
아마도 타고난 성격이라고 할까

노년이 무섭지 않았다
이제 하나하나씩 배우면서 살면 되니까.

빛이 되어 줄게

어두운 새벽길
약속 장소를 찾아간다

새벽에 부는 바람은 낮보다 상쾌하다
밤새 돌고 돌아 새벽을 만든다

하늘에서 아침을 불을 때는 태양도 함께한다

오늘은 더 좋은 날이 되지 않을까
즐거운 생각은 웃게 한다

아침이 즐거워야 하루가 즐겁다
늘
긍정적인 마음은 늙지 않는다

아침 인사는 기억하게 한다
첫인사는 연결을 시도하는 것이다

 이화동의 바늘꽃 두 번째 이야기

날마다 아침 인사는 두고두고 기억하게 한다

사람 마음은 다 알 수는 없지만
웃는 얼굴은 기억한다

살다 보면 힘들 때가 많을 수도 있다
그러나 웃고 살다 보면 꼭 힘든 문제가
하나씩 풀리고 있다는 걸 알게 된다

새벽길을 밝게 해준 가로등은 저녁을 기다린다

퇴근길에서도 피곤함을 안고 가는 길은
그림자도 함께한다

오늘도 수고했어 하고 인사를 한다
내가 말하면
내 귀에서도 인사를 한다

너도 수고 많았어

그렇게 살면 내가 빛이 되고 길이 된다
굴곡이 많은 삶이었지만 잘 견디고
계산을 하고 욕심을 비우고
배고프지 않을 만큼만 있어도
견딜 수 있는 힘이 생긴다

게으르고 걷는 것을 싫어하면 달달한 삶의 맛을 알 수가 없
었을 것이다

첫 새벽길 버스 안에서 본 세상은 서서히 밝아지는 하루가 얼
마나 예쁜지
내 하루는 내게 빛이 되어 준다.

   이화동의 바늘꽃 두 번째 이야기

새대가리 돌대가리

내가 세상에 태어나
내게 안겨준 짐들
아홉 살 국민학교 입학식
선생님은 내게 하얀 종이에
7이라는 숫자 써놓고 내게 묻는다
나는 사라고 했다
다시 4 쓰고 내게 묻는다
나는 7이라고 했다

그때부터 나는 숫자라는 것은
계산하지 않고 살았다

계산이라는 숫자를 순서대로 값을 치르고 살자
어느 누구도 헛되지 않은 삶을 살지 않았을것이다

사람을 돌대가리 새대가리
그렇게 계산을 한다

얼마나 잘난 세상을 살았는지 모르지만
사람은 함부로 평가하는 게 아니다

저마다 각자 사는 방식이 다를 뿐
다 하늘 아래에서 공존하면서 사는 거지

새대가리
돌대가리
그래도
난 괜찮아!

비전

새벽 그 시간이 되면
눈은 어두운 곳을 바라보고
밝은 곳으로 나와
가로등 불빛 따라 길을 나선다
귀에는 이어폰 꽂고 약속된 장소로
걸어갔다

우울증에서 벗어나기 위해서
새벽 신문 배달을 하면서 비전 노래를 듣는다

그래 나는 어두운 곳에서 벗어나야 했다
밤새 신문을 돌리고 나면
다시 그 세계로 빠지고 싶지 않아
절실하게 살기 위해서

내 앞에 어린 눈동자가 나를 보고
웃는 얼굴도

저버릴 수가 없어서
나는 싸워야 했다

집에 돌와
아이들 학교에 보내고 어두운 곳에 갈까봐
부업으로 하고
정해진 하루의 시간을 이기고 싶었다
피곤한 것도 느끼지 못하고
눈을 감으면 또다른 곳에서 전쟁을
치를까봐
눈을 감기 싫었다

애들 학교에서 돌아오면 내가 줄 수 있는 사랑을 다 주고 싶
었다

지금도 새벽에 산길을 걸으면서
비전 노래을 들으면서 산에 오른다

그래 꿈을 저버리지 말자
다시 시작하자
내가 가고 싶은 길을 가자

 이화동의 바늘꽃 두 번째 이야기

노래을 듣고

신문 배달할 때도 지금도

내게 힘이 되는 노래

노래 가사에

나는 힘을 얻고

내가 꿈을 꾸던 걸 이루고 싶었다

남이 나를 봐주는 것보다

나는 알고 싶다

내가 모르는 것을 알고 싶다

나를 위한 것을

내게 노래가 들려왔다

힘이 들면 듣던 노래.

내게 다시

마음이 약한 것 같아도
마음 한구석에는 단단히 뭉쳐진 동굴이 하나 있다

오래도록 참다가 돌처럼 굳어버리면
그 속에서 나오기가 쉽지 않다
아무리 말랑말랑하게 풀어보고 싶지만
풀리고 싶지 않은 마음이다

인연이라는 것이 수월하게 이어지면 좋겠지만
어떻게 지내다 보면 속이 다 보이는 거울처럼
돼버리고 만다

풀고 살아야 단단해지고 더 깊어지겠지만
사람 사는 세상은 생각이 같을 수가 없어서
돌아가게 되는 것이다

　　　이화동의 바늘꽃 두 번째 이야기

내게 맞지 않는 것들은 하나씩 하나씩
지워지고
마음 편하게 차분해질 수 있는
따뜻한 친구 하나 있으면 부족할 게 없는 것이다

글을 정리하고 사진을 정리하고
가볍게 사는 것이 더 행복할 수 있다
한 곳에서만 볼 수 있는 공간을 만들었다

나는 행복한 시간을 만들고
마음이 편안한 곳으로 발길을 돌렸다.

희망

어디까지가 끝인가
여기저기 떠돌다가
일이 없으면 다시 일을 찾아
벼룩시장 정보를 보고
또 일을 찾으러 다닌다

늘
안정된 삶을 살지 못해
구비구비 굴곡이었다
하루하루가 힘들어도 잠깐 힘을 냈었고
다시 공장을 전전하며 희망이라면 희망일까

아이들 생각을 많이 했다
그렇게 시간이 흐른 다음에,
딸아이 월급과 내가 모은 돈으로 제품 공장을 차렸다
만만치 않은 일이었다

가게를 잡지 못해 날일을 조금 하다가
유연하게 가게를 잡아서 일을 하고
공임도 싸고 몸만 고생이었다

남편과 신경전은 잦고 서로의 대화는
점점 줄어들어 마음이 답답해졌다
나이 먹어서 남편에게 의지하며
함께 있고 싶었고

식당 음식에 길들여져 이제는 집밥으로
남편을 챙기고 싶었다
그러던 코로나로 인해 시장 경기는
점점 나빠지고 일은 없고 마음은 점점
불안해져 보험을 해약하고 반지를 팔았다

그렇게 유지를 하면서 코로나는
더 심해져 공장 가동이 멈춰 버리고

하루하루 전쟁 같은 삶을 살았다
남편은 내게 말도 섞지 않았다
내가 공장 운영을 하자고 해서 내 잘못 같고

내가 죄지은 사람처럼 그렇게
냉랭한 생활이 되어 버렸다
글쓰기로 내 마음을 달래고
매일매일 다가오는 시간을
글쓰기는 내가 행복해지는
내 속에 있는 공간이다

한국예술인복지재단 창작디딤돌
선정 지원금은 내게 큰 행운이었다
기본 교육이 부족했던 내게
꿈을 꾸게 해주었다
좋은 작품을 창작하고 싶다
한국예술인복지재단
감사합니다……

   이화동의 바늘꽃 두 번째 이야기

황금빛 가을

아슬아슬한 내 길은 보이지 않는
연결고리가 이어진다
시골 논두렁처럼

그 길은 가을 오면 황금빛 바람을 타고 익어간다

내 삶도 시골 논두렁길처럼
가을처럼
익어간다

아슬아슬하게.

말 귀신

글들을 모아놓고 읽고 있으면
난 기분이 좋아진다
이 글은 내 것이 되는 것이다

오랜 시간이 지나 기억이 흐려져 가도 난 살고 있을 테니까

머릿속에서는 글들이 춤추고 있다
그래서 그런 걸까
난 길을 걸을 때도 기분이 신이 나고 내 발길은 춤을 춘다

내 속에서 살고 있는 말 귀신은 나를 조종한다
오늘도 죽지 말라고

　　이화동의 바늘꽃 두 번째 이야기

내 머릿속은 즐겁다는 이야기다
너 때문
아침 오는 이 길에서
오늘도.